Rolf Kutschera • Norbert Golluch

SCHMUSE-HOROSKOP

FÜR DEN SCHARFEN

STIER

21. April - 20. Mai

Eichborn Verlag

Die Deutsche Bibliothek - CIP-Einheitsaufnahme
Golluch, Norbert:
Schmusehoroskop für den scharfen Stier / Norbert Golluch ; Rolf
Kutschera. - Frankfurt am Main : Eichborn, 1992
ISBN 3-8218-2331-3

© Vito von Eichborn GmbH & CO. Verlag KG, Frankfurt am Main,
September 1992
Cover: Uwe Gruhle, Rolf Kutschera.
Satz und Layout: Norbert Golluch.
Druck und Bindung: Uhl, Radolfzell.
ISBN 3-8218-2331-3

Verlagsverzeichnis schickt gern:
Eichborn Verlag, Hanauer Landstr. 175, D-6000 Frankfurt/Main 1

Der erotische Steckbrief - Stier

Seien Sie gewarnt! Falls Sie ein Stier-Mensch sind oder sich in einen solchen verliebt haben: Sie haben es mit einem erotisch ganz besonders problematischen Sternzeichen zu tun! Es besteht die Gefahr gefährlichster erotischer Abenteuer und Affären!

Wesens-Typ
Er: von Teddybär bis Hornochse
Sie: von sanfte Kuh (Urmutter!) bis Wonneproppen

Erotische Fantasie
weiblich: vorhanden, aber eher durchschnittlich
männlich: einseitig von der vollfleischigen Art

Anbagger-Schema
passiv, aber hartnäckig

Kontakt-Masche
Er: Ich bin zufällig immer da, wo Sie auch sind!, Stumme Anbetung
Sie: Nett, daß ich Sie treffe! Mein Wagen streikt - können Sie mal schieben?

Flirt-Methode
Er: dumm herumsitzen, Heiratsantrag
Sie: dumm herumsitzen

Fummeltyp
Er: herzhaft zupackender Griff (Melker; Vorsicht, blaue Flecken!)
Sie: sanft, aber bestimmt

Knutschtyp
Er: Dauerbrenner, leidenschaftlicher Schmatzer
Sie: Küßchen, Ich freß dich!

Verhalten auf dem Liebeslager
Er: Normalo (Spätzünder mit Warmlaufphase; Vorglühen!) bis *sex machine* (Busen!); danach häufig Blitzschläfer
Sie: Stört es Sie, wenn ich dabei stricke? - aber auch: Überraschungsei oder Vulkan mit überraschendem Ausbruch

Lieblingsperversion
alle vollbusigen Liebesspiele; Sex im Kuhstall

**Durchschnittliche Zeittendenz
der Beziehung**
mindestens eine Weidesaison; meist Heirat, wenn es Rivalen gibt

Der Stier, die Liebe und die Sterne

Das Sternbild Stier gehört zu den Erdzeichen. Stiere gelten daher als überaus praktisch veranlagte, nüchterne Menschen. Sie regeln ihren Alltag - darüber hinaus zeigen sie wenig Interesse. Wenn Marsmenschen auf der Erde landen oder von Staats wegen das Paradies ohne Arbeit ausgerufen wird, nehmen Stiere davon keine Notiz. Sie schneiden weiter ihre Hecke oder fahren morgens um 7.00 Uhr ins Büro.

Stiere sehen das Leben eben weniger vom Gefühl als sachlich und von der geregelten Seite her. Ziele, die sie einmal ins Auge gefaßt haben, streben sie unentwegt und mit großer Ausdauer an, auch wenn die Ziele sich unterdessen aus dem Staub gemacht haben. Geduld und Zähigkeit gehören zu ihren positiven Werten, während ein gewisses Maß an Starrköpfigkeit, Verbohrtheit und Unnachgiebigkeit zu ihren Schattenseiten zählen sollen.

Norddeutsche Stier-Bauern mähen ihre Wiesen am Deich auch bei Sturmflut - zur Not auch unter Wasser. Die flexibelsten Menschen sind Stiere nicht. Eine Betonwand ist flexibler.
Der Planet des Stiers ist die Venus. Wie Sie vielleicht noch aus dem Repertoire Ihrer klassischen Halbbildung wissen, die Göttin der Liebe. <u>Von deren erotischer Hochbegabung hat der Stier nicht besonders viel abbekommen, denn er ist zwar kontaktfreudig, aber unbeholfen und tapsig.</u> Im übrigen bedeutet die Verbindung zu Venus, daß:

* Stiere freitags am besten drauf sind,
* Kupfer ihr Metall ist,
* die Nieren ihre Lieblingsorgan sind und
* der Hafer (der sie gelegentlich sticht) ihr Lieblingsgetreide.
* Musikalisch bringt es der Ton F voll (Ist das nicht etwas eintönig?);
* literarisch stehen Stiere auf den Buchstaben A.
* Stier-Lieblingsfarbe soll, glaubt man den Planetendeutern, Grün oder Weiß sein.

Wilde Mischung, was? Aber so sind sie nun mal, die Astrologen.

Die positiven Charaktereigenschaften
Was macht die Stiere in der Liebe so begehrt? Stiere gehören zu den Musterknaben im Tierkreis. Sie sind offen wie eine Tüte Chips, naiv wie eine Nonne im Freudenhaus, unverdorben und ehrlich wie ein neugeborenes Känguruh, unbekümmert wie eine erste Klasse der Grundschule, treu wie ein Goldzahn und ausdauernd wie ein Mercedes-Diesel in den 70er Jahren.

Stiere glauben alles, essen alles und fallen auf jeden Trick herein. Wo sonst im Tierkreis trifft man so herrliche Naturburschen, so erfreulich lockere und unverbildete Mädchen - fragt sich der Pfadfinder-General. Ist das nichts?

Die dunkleren Seiten der Persönlichkeit
Wenn Sie jetzt tatsächlich vorhaben, sich mit einem Stier zu liieren, bedenken Sie bitte unbedingt: Stiere halten sich erotisch für absolut unwiderstehlich. Das ist ihr grundlegender Irrtum, aber nicht ihre einzige Macke. Besitzergreifend wie das Finanzamt, neiden dem Partner dessen Interessen,

und besonders dann, wenn erotische Komponenten mitschwingen. Erotische Komponenten schwingen, fragt man Stiere, bei Kegelklub, Briefmarkensammlern, Elternpflegschaftsvorsitzenden, Stammtischen und Sparklubs mit.

Diese Einschätzung bedeutet jedoch nicht, daß Stiere sonderlich eifersüchtig sind. Es bedarf einiger Anstrengung, ihre Eifersucht zu wecken, bemerken diese phlegmatischen Hornviecher doch die zarteren Schwingungen zwischen Menschen selten.

Aber wehe, wenn sie eifersüchtig werden! Dann sehen Stiere rot - das sprichwörtliche rote Tuch sozusagen, gnade Gott dem Rivalen - und der Haftpflichtversicherung, die für den Stier eintreten muß! Stiere im Rausch der Eifersucht zerbrechen Flach- und Kunstglas, zerschlagen Nasenbeine und verbeulen Familiensilber, zünden Autos an und reißen Villen nieder, sprengen Wohnblocks und setzen ganze Stadtviertel unter Wasser - nur um den Rivalen fertigzumachen. Wenn sie aufwachen, wissen Stiere überhaupt nicht mehr, was sie angerichtet haben. Und vergessen Sie nicht: Der Lebensweg des Stiers führt stur geradeaus, denn der potentielle Partner Ihrer Wahl aus diesem Sternbild könnte träge wie ein nasser Sack, schwerfällig wie ein Walroß an Land und engstirnig wie ein gewisser Papst sein. Das kann hübsch langweilig werden.

Die erotische Austrahlung

Wie der Nordpol die Nadel des Kompasses ziehen bestimmte Menschen ihre Mitmenschen erotisch an, und niemand kennt den Grund dafür so ganz genau. Doch! Wir wissen, was Liebhaber in die Arme ihres Gegenüber taumeln läßt wie die Motten ins Halogenlicht: die Sterne! Darauf wären Sie jetzt nie gekommen, was? Die Sterne sind schuld an unwiderstehlichen Blicken, attraktiven Nasen, schwellenden Muskelpaketen, verführerischen Rundungen und lasziv-lockenden Mündern - aber auch an Orangenhaut und Krähenfüßen, an Bäuchen, Glatzen, Schwimmringen, Stoppelhaaren an den falschen Stellen usw. Glauben zumindest die Astrologen...Und auch daran, in welche Hüllen wir unsere Traumkörper zu gewanden pflegen, sollen die leuchtende kleinen Punkte am Firmament nicht unschuldig sein. Ob Armani oder Woolworth - die Sterne wissen Bescheid!

Die äußeren erotischen Qualitäten der Stier-Frau

Ginge eine Stier-Frau zum Ballett, müßte „Schwanensee" zum „Ententeich" umbenannt werden. Glücklicherweise stehen nur wenige Männer auf den absolut schlanken Mannequin-Typ. Stier-Damen sind zwar auch schlank (vollschlank nämlich), haben zudem aber auch weitere Qualitäten zu bieten: warme, weiche Rundungen, ein sanftes, einschmiegsames Wesen und wunderschöne große Kuhaugen. Außerdem passen sie, kompakt und handlich, wie sie nun einmal gebaut sind, bestens und bequem in Mittelklassewagen. Bestes Beispiel: Tennis-Stier-Frau **Gabriela Sabatini**, geboren am 10. Mai 1970. Aber es gibt auch superschlanke, absolut feingliedrige Ausreißer unter den Stier-Damen: die US-Schauspielerin und Sängerin **Cher** (20. Mai 1946) zum Bleistift...

Schick, schicker, Schock - wie die Stier-Frau sich kleidet

Die Stier-Frau sieht sich nur allzu gern als große Dame - entsprechend kleidet sie sich, statt im bewährten Walla-Walla-Kleid den runden Körper zu verbergen. Mit der ihnen eigenen Halsstarrigkeit lassen sie sich auch mit besten Argumenten (z.B. ihr Bild im Spiegel) nicht überzeugen und zwängen sich in das ebenso mondäne wie knallenge Abendkleid. Das Ergebnis: Rindswurst oder ein *Model* nach **Jean-Paul Gaultier**s (24. April 1952) modischen Vorstellungen. In ihren Geschmack lassen sie sich nicht hineinreden, selbst dann nicht, wenn sie gar keinen besitzen.

Einsichtigere Vertreterinnen dieses Sternzeichen wählen gern saloppe bis sportliche Kleidung, wobei das Sportliche auch ganz schön deplaziert aus-

sehen kann, wenn die Rundungen sich statt am Schultergürtel eher in der unteren Etage wölben. Und was trägt sie darunter? Ihre prallen Halbkugeln stützt die Stierdame mit aparten BHs der Größen C, D und E, die Männern schon wegen ihrer Ausmaße den Atem rauben und die hin und wieder von Basketball-Mannschaften als Körbe zweckentfremdet werden. Auch ihre Statik und Raumgliederung wirkt schwer beeindruckend.
Um die Hüften dominiert der sinnliche Fummel in den Lieblingsfarben Grün, Bleu und Sonnengelb, und, oh, Wunder, hier wirken die Formen der Stier-Dame eher anregend rund, irgendwie lecker. Sehr lecker... Ähem...

Die äußeren erotischen Qualitäten des Stier-Mannes

Oh, Schock und Schüttelfrost! Als „schönen Mann" kann man den Stier nun wirklich nicht bezeichnen. Statt einer hohen Stirn, hinter der sich geistige und erotische Qualitäten verbergen, strotzt der Stier der Welt mit einer breiten Frontpartie. Sein kurzer, oft etwas zu fleischiger Hals, „Stiernacken" genannt, trägt einen runden Kopf, in dem es manchmal recht handfest und landwirtschaftlich zugeht.

Auch die Gliedmaßen des Stiers sind eher kompakt als wohlgeformt zu nennen. Immerhin ist sein Körper kein schlaffer, halb aufgeblasener Ballon, sondern ein Energiebündel, wenn Sie es verstehen, die darin schlummernden Kräfte in Ihrem Sinne zu wecken. Klassischer Stier-Typ: **Jean Gabin** (17. Mai 1904) und der ist ja keineswegs unsympathisch.

Wie der Stier-Mann sich kleidet

Stiere halten sich - der Himmel weiß, warum, für unwiderstehlich. Gleich, wie sie gekleidet sind, sie glauben an ihr Outfit. Ob in Opas geringeltem Schwimmdress oder im Mafia-Maßanzug, den Stiermänner häufig wählen - Stiere strahlen Gelassenheit und Selbstsicherheit aus. An ihrem Äußeren kann es nicht liegen. Mit diesem Stiernacken wird kein Couturier fertig, dieser schwellende Brustkorb sprengt jeden Knopf vom Hemd.

Am häufigsten ist deshalb der landwirtschaftlich geprägte Stier-Mann in Karo-Hemd, Jeans und derbem Rindslederschuhwerk.
Und was trägt der Stier-Mann darunter? Überzeugt von seiner gewaltigen Manneskraft hüllt er seine wertvollsten Teile in übergroße Beutelbuxen. So

gewaltig, daß sich Angehörige anderer Sternzeichen darin verlaufen könnten. Und natürlich ist alles natürlich: aus kochfester Baumwolle nämlich.

Die inneren erotischen Qualitäten der Stier-Frau

Bis die Stier-Frau sich für einen Mann entscheidet - das kann dauern. Denn nicht Leidenschaft, sondern wahre Liebe ist es, was die Damen wollen. Wenn es mal schnackelt, hat ein Mann das große Los gezogen - glauben Stier-Frauen. Denn sie sehen sich als das erotische Goldstück, das nur ein Hans-im-Glück findet, der sich von Konventionen, Schönheitsidealen und Äußerlichkeiten nicht blenden läßt. Ausdauernd hält sie ihrem Partner die Treue, übersteht gemeinsam mit ihm Krisen und Probleme, erträgt geduldig Marotten und schlechte Angewohnheiten, übersieht in ihrem Phlegma so manchen Seitensprung und scheint damit das Prädikat „Sehr wertvoll" verdient zu haben.

Wehe jedoch, wenn Sie die Eifersicht packt! Beziehungskrisen mit diesem Hintergrund verlaufen mit der Gewalt einer Naturkatastrophe, wenn eine Stier-Frau beteiligt ist. **Wenn** Sie was merkt, ist der Teufel los!

Die zweite Unart: Die Stier-Frau spielt nur zu gern die große Dame. Leider ist sie vom Jet-set aber soweit entfernt wie ein Kuheuter von der Pommery-Produktion. Ihre Auftritte im großen Abendkleid erinnern an Schmierenkomödie - bremsen Sie also besser ihre gesellschaftliche Geltungssucht.
Krisenpunkt Nr. 3: Halsstarrigkeit. So sanft und anschmiegsam sie sein können - Stier-Frauen gehen an die Decke, wenn sie sich im Recht und dabei mißverstanden glauben. Vorsicht, sonst nimmt die Dame Sie auf die Hörner!

Die inneren erotischen Qualitäten des Stier-Mannes

liegen im Verborgenen. Es bedarf schon gewaltiger Anstrengungen, sie zu wecken. Denn bis ein Stier-Mann erst einmal auf Touren kommt, können Jahre vergehen, und es bedarf mächtiger Schlüsselreize. Zartes Liebesgeflüster, Augenzwinkern und hingehauchte Andeutungen bemerkt er nicht. Erst bei sülzender Musik, betörenden Düften Kaliber „Haremshammer", schwellenden Rundungen und deftigen Handgreiflichkeiten kommt er in Schwung - aber wie! Einmal entbrannt ist er nicht mehr zu bremsen, stammelt Liebesschwüre, verfaßt Gedichte und strebt unaufhaltbar nach Erfüllung seiner Lust. In dieser Hinsicht leistet er dann gewaltiges. Dazu später mehr.

Einmal in Liebe entbrannt, sind Stiere ebenso wie Stier-Damen offen, treu und von einfachem Gemüt - zu einfach manchmal. Niemand läßt sich so einfach an der Nase herumführen wie ein Stier-Mann. Doch seien Nachtschwärmerinnen mit Großverbrauch an Liebhabern gewarnt! Ihr trotteliggutmütiger Stier-Gefährte wird zum Killer, wenn er sich hintergangen fühlt. 136% aller Eifersuchtsmorde werden von rasenden Stier-Männern begangen! Lassen Sie es nicht soweit kommen. Denn im übrigen ist der Stier der ideale, pflegeleichte Gefährte, den Sie mal unproblematisch vor den Fernseher setzen, zum Spielen vor die Tür schicken oder in der Kneipe abgeben können. Er stellt keine Ansprüche, flust und fusselt nicht, frißt aus der Hand und ist für kleine Aufmerksamkeiten äußerst dankbar. Der ideale Gefährte - wenn man Mega-Trottel mag.

Der Stier und andere Sternzeichen

Paßt die Turteltaube zum Industrieroboter, der Schmetterling zur Küchenschürze? Was, wenn Filzpantoffel und Seifenblase zusammenleben? Profitieren Sie von der Weisheit der Sterne - hier finden Sie Ihre Idealpartner!

Die Favoriten

Zwischen manchen Sternzeichen klappt es einfach besser als zwischen anderen. Das ganze Universum schwingt im richtigen Takt, und es öffnen sich die Pforten zum Liebesparadies...

✶✶✶ Jungfrau und Stier

Erotische Hochspannung ist nicht Sache dieser Verbindung, dennoch profitieren beide. Die Jungfrau sonnt sich unter der gefühlvollen Wärme des Stieres, während der Stier sich in der Hingabebereitschaft der Jungfrau wälzt wie seine tierischen Namensgefährten in einem Schlammloch.

✶✶✶ Steinbock und Stier

Keine heiße Liebeskiste, sondern eher eine Art Firmengründung auf gemeinsamer Basis: Knete muß ins Haus! Erotisch knistert es in dieser *connection* nur mäßig, doch ist sie, schon wegen des finanziellen Erfolges, von Dauer. Wenn es Streit gibt, dann mächtig, denn schließlich prallen zwei Paar eisenharter Hörner aufeinander.

✲✲✲ Krebs und Stier
Trautes Heim, Glück allein. Der Krebs bekocht und betüttelt den lahmarschigen Stier, der ihm dafür mit einer Portion Selbstbestätigung den Rücken stärkt. Die Musterehe im Musterhaus, denn beide stehen auf Häuslichkeit total. Völlig logisch, daß es im Vorgarten vor Gartenzwergen nur so wimmelt...

✲✲✲ Fische und Stier
Zwei Gemüter schwingen, ach, im selben Rhythmus und ersaufen fast in romantischen Gefühlsströmen. Wie freut sich der Fisch über die Sicherheit an der breiten Brust des Stieres, und wie glücklich ist der Stier über Heim und Herd, Hemd und Rückenmassage. Und: Er darf sich auch noch als Führer dieses Gespanns profilieren. Das Seelchen und der Hornochse. Prädikat: kaum auszuhalten.

Mit Vorsicht zu genießen...

Bei anderen Sternzeichen hakt es an allen Ecken und Kanten, und die Kraft der Gestirne scheint sich in vieler Hinsicht negativ auszuwirken. Aber: Es ist nicht alles wahr, was gedruckt wird. Freuen Sie sich, wenn ihre Verbindung jahrhundertelang hält - völlig gegen diese astrologisch-satirische Prognose!

☆ Wassermann und Stier

Der Wassermann schläft ein, und der Stier muß in die Nervenheilanstalt, im günstigsten Fall! Wenn diese Verbindung länger andauert, kriegt der Stier die Motten, und der Wassermann stirbt an Reizmangel. Das muß nicht sein!

☆ Widder und Stier

Zwei Hornviecher, das kracht! Wenn auch der wilde Widder eine Weile braucht, bis das phlegmatische Rindvieh Stier in die Hufe kommt. Meist geht es im ersten Streit um das Bankkonto des Stiers, das durch den Zugriff des Widders erheblich an Fülle verloren hat. Der zweite Zusammenprall erfolgt, wenn der Stier die Seitensprünge des Widders bemerkt. Wenn sich allerdings die beiden die Hörner abgestoßen haben, erwartet sie ein langes Glück im gemeinsamen Stall.

☆ Stier und Stier
Das gibt Stierkampf, könnte man annehmen. Dem ist nicht so - im Gegenteil. Aus Beschaulichkeit wird faules Herumhängen, aus Sparsamkeit Geiz und aus Häuslichkeit nervender Alltagstrott. Meist freut sich einer der beiden Stiere, wenn ihn ein Angehöriger eines anderen Sternzeichen am Nasenring nimmt und ihn auf eine andere Wiese führt.

☆ Zwilling und Stier
passen zusammen wie Hamburger und Kaviar. Zwar ist der Stier der ideale Zuhörer und Geldgeber („Scheinwerfer") für den Zwilling, doch hetzt der Zwilling für den Stier einfach zu schnell durchs Leben. Den Fuß vom Gas, Zwilling!

☆ Löwe und Stier
Eine günstige Verbindung, wenn die Stelle des Hofnarren unbesetzt ist, der Löwe auf Trotteligkeit steht und ihn naive Scherze erheitern. Ansonsten leben die Großkatze (Großkotz?) Löwe und der sympathische Dorftrottel Stier aneinander vorbei - zwei völlig unterschiedliche Lebensentwürfe.

☆ Waage und Stier
Ein klassisches Tempoproblem: Bevor der Stier überhaupt etwas vom aktuellen Trip bemerkt hat, ist die Waage schon wieder auf dem nächsten. Zudem verprassen Waagen - in den Augen eines Stiers - ihr schönes Geld für überflüssigen Unsinn (Kunst, Kultur, Mode usw.). Ein ebenso perfektes Paar wie ein Schmetterling und ein Kanonenofen!

☆ Skorpion und Stier
Die beiden passen auf den ersten Blick zusammen wie Heringsstipp und Vanillepudding. Doch liegt hier nicht die Gefahr dieser Beziehung. Das Problem ist pyrotechnischer Natur: In beiden Sternzeichen schlummern Sprengladungen an Eifersucht - beim Skorpion gefährlich unter der Oberfläche und empfindlich wie Nitroglyzerin, beim Stier ver-

borgen in der Tiefe und ohne Zünder nicht zur Explosion zu bringen wie Dynamit. Aber wehe, wenn der entscheidende Funke zündet. Übrig bleibt von der Beziehung nur ein metertiefer Krater...

☆ Schütze und Stier

Der Stier kommt dem Schützen in vielen Fällen erotisch gerade recht. Das Hornvieh ist so langsam und phlegmatisch, daß der Schütze schon wieder abgereist ist, bevor der Stier sich richtig verliebt hat. Die Gefahr von Verlobung und Ehe hält sich so für den Schützen in Grenzen. Zumal er so einen Spießer wie den Stier ohnehin nicht ehelichen würde! Also: Anbaggern, Blattschuß, durchladen und weiter! Der Schaden für den Stier hält sich in Grenzen, so ein Flattermann wie der Schütze käme keinesfalls als langfristiger Partner in Frage.

Der ideale Tag

Ein Freitag soll es sein, meinen die Astrologen. Weshalb gerade ein Freitag, bleibt unerfindlich, denn Stiere dämmern durch Freitage wie durch andere Wochentage auch. Allenfalls die Tatsache, daß es freitags oft Fisch statt Fleisch gibt, unterscheidet diesen Wochentag. Vielleicht ist es die

Vorfreude auf das herannahende Wochenende und das reichliche Essen, welches die Stiere aus ihrer Lethargie reißt. Möglicherweise aber stammt die Liebe des Stiers zu diesem Wochentag auch noch aus Zeiten, an denen freitags die Lohntüte gefüllt wurde und überall im ganzen Land Stiere im wochendlichen Taumel des Reichtums umherliefen, ein debiles Lachen auf den breiten Lippen... Denn Besitz macht glücklich - Stiere zumindest.

Klar, daß Stier-Damen an ihrem Supertag einen Einkaufsbummel im Modezentrum Paris besonders schätzen. Mit dem Reichtum ist es dort allerdings schnell vorbei - besonders dann, wenn die Stier-Frau ihre Kreditkarte dabeihat (s. Kapitel „Stier und das liebe Geld").

Die ideale Nacht

beginnt für einen Stier mit einem ausgiebigen, am besten schwer fettenden Abendessen. Es dürfen ruhig drei Gänge mehr sein - und natürlich ein Dessert. Danach dämmert der Stier, von Verdauungsschnäpsen umnebelt, durch hochkalorische Traumländer, allenfalls begleitet von bodenständigen Gesprächen („Erna? Hasse noch 'ne Pulle Bier da?") und Volksmusik aus der Glotze. Gegen

11.30 Uhr kippt der Stier, abgefüllt und dem Kalorienschock nahe, lautlos aus dem Sessel. Kräftigere Exemplare schleppen sich noch zu ihrer Lagerstatt, wo sie in tiefen, totenähnlichen Schlaf verfallen. Die katatonische Starre wird nur durch ohrenbetäubendes Schnarchen gestört. Erotik: Null!

Anders läuft die Sache beim männlichen Stier ab, wenn nach vollendetem Bratenverzehr starke Schlüsselreize geboten werden, ein echter Heim-Strip zum Beispiel. Oder Titti-Fritti in der Glotze. Bei wabbelnden Brüsten und wogenden Hüften kommt der Stier mächtig hoch. Meist zeigt ein animalischer Aufschrei ("BRÜLL!") an, daß das Tier im Stier bis zum Anschlag gereizt.

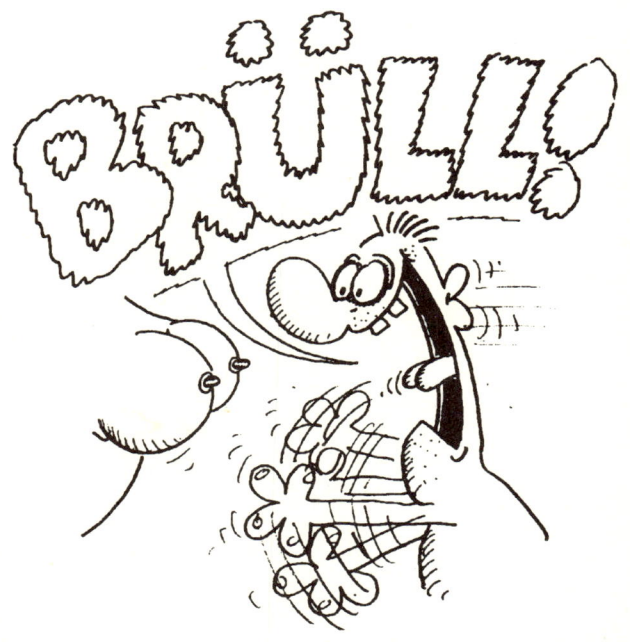

Stier-Damen erwarten von ihrer Nacht der Nächte nicht allzu viel: ein wenig Bewunderung, einen klaren Himmel mit vielen Sternen und einen netten Mann, dem sie in einem offenen Sportwagen mit vor Bewunderung offenem Mund in die Augen schauen können. Wenn dieser sie auch noch küßt, fliegen sie voll ab und sind zu allen Schandtaten bereit.

Der Stier-Mann flirtet

Erotisches Interesse ist beim Stier-Mann schlecht zu erkennen. Stier-Männer, die erotisch desinteressiert sind, sitzen einfach dumm herum. Leider tun Stier-Männer, die erotisch hochinteressiert sind, genau dasselbe: dumm herumsitzen. Nur, daß sie es Flirten nennen. Die Phase des Flirts wird nach ungefähr zweieinhalb Monaten mit einem Heiratsantrag oder einem sexuell gefärbten Direktangebot beendet: Der Stier-Mann, der meist auch Legastheniker ist, schreibt auf einen Bierdeckel:

und hält ihn, für alle sichtbar, in der Kneipe oder dem Café hoch. Meist beendet dieses eigentümliche Verhalten die gesamte, bisher noch nicht begonnene Beziehung.

Die Stier-Frau flirtet

Sie ahnen es bereits: Erotisches Interesse ist bei der Stier-Frau schlecht zu erkennen. Stier-Frauen, die erotisch desinteressiert sind, sitzen einfach dumm herum. Leider tun Stier-Frauen, die erotisch hochinteressiert sind, genau dasselbe: dumm herumsitzen. Und schlimmer noch als beim Stier-Mann, aus dem es irgendwann nach Ablauf von Monaten herausbricht: Hier geschieht weiter nichts. 98% aller Stier-Frauen könnten so zu alten Jungfern werden - während sie „flirten". Lediglich 2% stammen aus dem Rocker-Milieu und beherrschen einen ungeheuren erotischen Trick. Sie sagen „Hey, Macker!", wenn ihnen der Mann ihrer Träume begegnet. Gut, daß die Emanzipation der Männer noch nicht allzu weit vorangeschritten ist und die meisten Männer die Anmache selbst in die Hand nehmen! Was tun, wenn eine Stier-Frau herumzukriegen ist? Unfehlbar wirkt der Satz: „Ich liebe dich!" mit einem fetten Kontoauszug als Beleg.

Das beeindruckende Geschenk

Der absolute Blumen-Geheimtip für Stiermenschen ist die Narzisse, vermutlich weil in jedem Stier ein verborgener Narziß steckt. Auch Wiesensträuße stoßen auf gute Resonanz, werden aber entgegen anderslautenden Gerüchten nur von sehr simpel strukturierten Stieren gleich bei der Begrüßung verzehrt. Ziehen Sie es vor, mit Schmuck und Geschmeide zu beglücken, verkneifen Sie sich unbedingt den Nasenring!

Richtig liegen Sie mit in Rotgold gefaßtem Karneol, Smaragd, Turmalin oder Saphir. Nicht eben preiswert...

Nur dumme Lümmel verschenken an Stier-Damen Kuhketten aus Massivgold - die allerdings mit beachtlichen erotischen Erfolgen belohnt werden. Ein originelles Geschenk für Stiere: ein ausgedehntes Gastmahl in einem Vollfett-Restaurant Typ „Deutscher Adler" oder „Goldene Stadt Prag". Hierbei werden Sie feststellen, daß Stiere keineswegs reine Vegetarier sind. Folgegeschenk: eine Superdiät bei den Weight Watchers mit vierwöchigem Algenbrei-Menü und Freiluftgymnastik unter Anleitung eines Zuchtochsen.

Bleibt noch die Welt der Düfte: zarte Gerüche nehmen Stier-Menschen selten wahr, es sei denn, es handelt sich um blumige Aromen oder Heugerüche, etwa das indische Massivduftgras Patchouli. Das kommt an. Darüber hinaus wirken nur Duftgranaten wie etwa das vom Moschusochsen stammende Moschus, Parfums Marke „Bubu" oder Haremsschwaden Typ „Suleika brutal". Die allerdings voll. Stier-Männer werden zum Tier, Stier-Damen schmelzen dahin, wenn es gewaltig duftet. Also, zartbenaste Angehörige anderer Sternzeichen: Da müssen Sie durch! Wäscheklammern auf der Nase wirken unerotisch, aber dezente Nasenpfropfen sind im Drogeriehandel erhältlich.

Und nicht vergessen: Bringen Sie stets eine Flasche „Southern Comfort" oder einen sonstigen „Unterrockstürmer" mit! Stier-Männer schätzen „Küstennebel" und „Ratzeputz" - da merkt man wenigstens was!

Der unfehlbare Liebeszauber

für den handfesten Stier-Mann: Schweinebraten mit Knödeln. Die Stier-Dame fühlt sich geschmeichelt, wenn sie zu einem Einkaufsbummel durch die feinsten Boutiquen der Stadt eingeladen wird - auch wenn sie ihren rustikalen Leib niemals in die engen Modelle zwängen könnte.

Auf beide Geschlechter erotisierend wirkt ein Picknick auf der grünen Wiese mit kariertem Tischtuch, netten Leckereien und schwerem Rotwein. Dabei wirken weniger die Lebensmittel und der Alkohol als Aphrodisiakum als die Anwesenheit von jeder Menge Gras. Es muß mit archaischen Strukturen zusammenhängen, daß sich Weidetiere unter solchen Umständen gern vermehren.

Stiere und die verbale Liebeswerbung

Ein Wort gibt das andere - wenn es das richtige war, folgen Taten. Nicht alle Sternzeichen sind Meister der mündlichen Liebeswerbung. Manche müssen handgreiflich werden, um zum Ziel zu kommen, oder heroische Großtaten begehen. Wie steht es mit den Stieren?

Die Stier-Frau gesteht ihre Liebe

Standardsatz: „Du, Willi, hör mal..." Mit dieser typischen Redewendung beginnt die Stier-Frau ihre erotische Offenbarung. Es ist selbst Linguisten und anderen Sprachwissenschaftlern unbekannt, wie dieser Satz weitergehen könnte, da er bisher noch kein einziges Mal komplett ausgesprochen wurde. Und auf Vermutungen wollen wir uns in einem solchen, wissenschaftlich fundierten astrologischen Werk (Haha! Da lachen ja die Hühner! Der Setzer.) nicht einlassen. Der Satz „Du, Willi, hör mal..." wurde aus dem einfachen Grunde nie zu Ende gesprochen, weil ihn die Stier-Frau nonverbal, nämlich mit ihrem ungemein erotischen Blick, fortzusetzen pflegt. Und wenn eine Stier-Frau einen Mann ansieht, weiß auch der größte Depp dieser geistesschwachen Hälfte der Menschheit: Es hat geschnackelt...

Der Stier-Mann gesteht seine Liebe

Standardsatz: „Meine Muu... Muuu... Mutti hat mich zwar immer vor Frauen wie dir gewarnt, aber..." Auch hier endet ein Satz in unergründlichen Geistestiefen, denn der Stier-Mann führt seine Rede ebensowenig zu Ende wie die Stier-Dame. Doch bricht er aus anderen Gründen ab. Der erste Grund: In 90% aller Fälle ist die angesprochene Frau bereits nach dem zweiten Muuh! gegangen. Mit einem solchen Trottel will sie nichts zu tun haben. Der zweite Grund: Die 10%, die bleiben, haben ohnehin verbale Defizite zu kompensieren und weichen deshalb lieber auf Geruchs-, Geschmacks-, Gehör- und Tastsinn aus. Ob der Stier allerdings mit seinen Hufen bessere Chancen hat...

Der Stier-Mann schreibt Liebesbriefe
Sprache ist die Sache des Stieres nicht. Da in der Natur bereits ein ausgedehntes MUH! genügt, zieht es der Stier auch als Mensch nicht vor, viele Worte zu machen. Hier ein Beispiel:

Liebe Bessi,
ich glaube, ich liebe Dich ziemlich. Komme doch morgen auf die Wiese hinterm Haus. Dann zeig' ich Dir was.
Dein Ferdinand

Alles erstunken und erlogen? Dann lesen Sie mal einen Auszug aus einem Liebesbrief des Stieres und Komponisten **Peter Tschaikowski** (7. Mai 1840) an seine Angebetete:

15 Juli 1877.

...Sie fragen, ob ich Sie meine Freundin nennen könnte? Aber können Sie denn daran zweifeln? Haben Sie denn zwischen den Zeilen meiner Briefe niemals gelesen, wie sehr ich Ihre Freundschaft schätze und wie aufrichtig und herzlich meine freundschaftliche Zuneigung zu Ihnen ist? Wie froh wäre ich, wenn ich Ihnen einmal nicht in Worten, sondern in Taten die ganze Stärke meiner Dankbarkeit und meiner aufrichtigen Liebe zu Ihnen beweisen könnte! Leider habe ich ja nur einen Weg dazu, mein musikalisches Schaffen...

Aha! Zwischen den Zeilen soll sie lesen, weil der ungeschickte Stier seine Gefühle nicht in Worte bringen kann! Und in Taten will er ihr seine Liebe beweisen! Mit der Stalltür ins Haus will er fallen! Aber zum Glück fällt ihm ganz am Schluß noch ein, daß er ja auch komponieren könnte, statt handgreiflich zu werden...

Die Stier-Frau schreibt Liebesbriefe

Zwar ein wenig eloquenter als der Stier-Mann, versteht es die Stier-Dame aber dennoch ebensowenig, ihren Gefühlen vollen Ausdruck zu verleihen. Immerhin erzielt sie schöne Lacherfolge mit dem Rückgriff auf Arztroman und Seifenoper:

Lieber Oswin,
seit ich Dich sah, habe ich Sprünge im EKG, und meine Augen wünschen sich nichts sehnlicher, als die Deinen in Händen zu halten. Komm, Geliebter, lenke Deine Schritte zu meiner Hütte, meine Arme sind ebenso weit offen wie mein Herz, das Dich in bebender Fülle erwartet. Enttäusche mich nicht und komme noch heute abend in die Gaststätte „Zur Tränke". Ich warte auf Dich! –
Bella

Mit Händen und Füßen - Liebespraxis

Zarte Gefühle - schön und gut. Aber würde es Ihnen gefallen, den Sonntagsbraten immer nur zu beschnuppern? Hach, wie gut der riecht! Ein unpassender Vergleich, finden Sie? Wenn Sie meinen... Wir jedenfalls schneiden uns jetzt ein Stück vom erotischen Braten ab und verzehren ihn genußvoll. Nicht umsonst spricht man ja von Fleischeslust...

Der Stier kommt zur Sache

Große Verführer sind weder Stier-Frauen noch Stier-Männer - beide neigen zur Annäherung der handfest-naiven Art. Nicht, daß der Stier-Mann mit der Tür ins Haus fallen würde. Ein bißchen Küßchen-Küßchen und Händchenhalten muß schon sein - dann aber geht es ran an die Klamotten. Den einen oder anderen blauen Fleck bekommt die Angebetete schon ab, wenn der Stier zupackt. Es soll jedoch Frauen geben, die derartige Umgangsformen lieben. Auffällig zu nennen ist vielleicht der Hang des Stier-Mannes zu wallenden Formen und füllingen Hügellandschaften. Wenn man ihm hier nicht auf die Sprünge hilft, kann es sein, daß er sich zu einem längeren Aufenthalt verzettelt und nicht recht zum Kern der Dinge vorstößt.

Die Stier-Dame versteht es glänzend, ihre warme Fülle gewinnbringend an den Mann zu kuscheln. Der betörend-naive Blick ihrer Kuh-Augen überzeugt (wie gesagt) auch den dümmsten Liebestrottel, sagt ihm ihr strahlender Blick doch unzweideutig: „Nimm mich! Mich kriegst selbst du erotischer Anfänger rum!" Klappt es immer noch nicht, läßt die Stier-Frau ihre zielsicheren Hände sprechen.

Übrigens verraten gewisse erotisch-astrologische Regeln mehr über das Sternbild Stier:

> **„Steht die Venus im Zenith,
> wird Frau Stier zu Dynamit!"**

Sie haben ja bereits von dem verborgenen erotischen Temperament der Stiere gehört. Die Stier-Dame steht den Stier-Männern in nichts nach, wie auch die folgende astrologische Liebesregel belegt:

> **„Strebt Venus auf die Erde zu,
> dann kennt die Stier-Frau kein Tabu!"**

Jetzt müßte man(n) nur noch wissen, wann Venus sich der Erde nähert, Ihr astronomisch ungebildeten Astrologentöffel und Stierfrauen-Verführer!

Über den Stier-Mann ist bekannt:

> **„Steht die Sonne im Skorpion,
> zeugt der Stier stets einen Sohn."**

Wie er das sicherstellt, ist eines der großen Rätsel des Universums. Über den autoerotisch veranlagten Stier verlautet:

**„Geht der Mond im Westen unter,
holt der Stier..."**

Lassen wir das lieber.

Der Stier und seine sexuellen Qualitäten

Klar, daß wir Sie nicht alle getestet haben. Wozu auch? Die Sterne verraten ohnehin alles.

Die Lieblingsstellung

Stiere lieben Sex in jeder Stellung. Das hat seine Ursache darin, daß sie blind vor Lust ohnehin nicht bemerken, wie sie es mit wem treiben.

Stier-Frauen sind entsprechend gebaut: Nirgends Ecken oder Kanten, an denen man sich ernsthaft verletzen könnte.

Stier-Männer sind schwer zu erregen. Geraten sie aber einmal in den Taumel des Fleisches, sind auch ihnen die Feinheiten egal. Man könnte ihnen wie ihren tierischen Verwandten eine Attrappe unterschieben.

Nur gut gepolstert müßte sie sein und sich nach erreichtem Höhepunkt als Matratze eignen. Denn Stier-Männer schlafen spätestens zehn Sekunden nach dem Orgasmus ein. Ihr Körper braucht das.

1

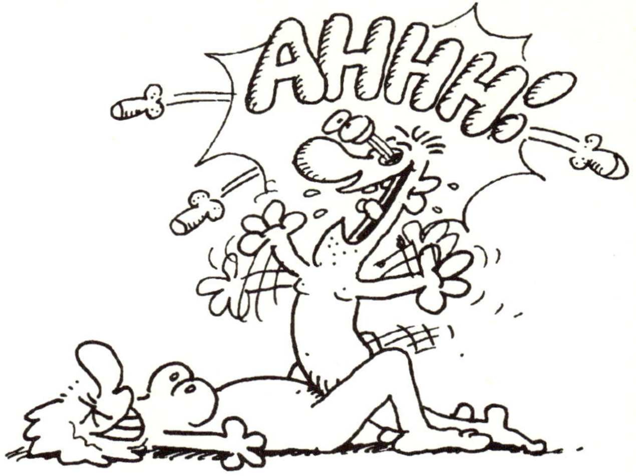

2

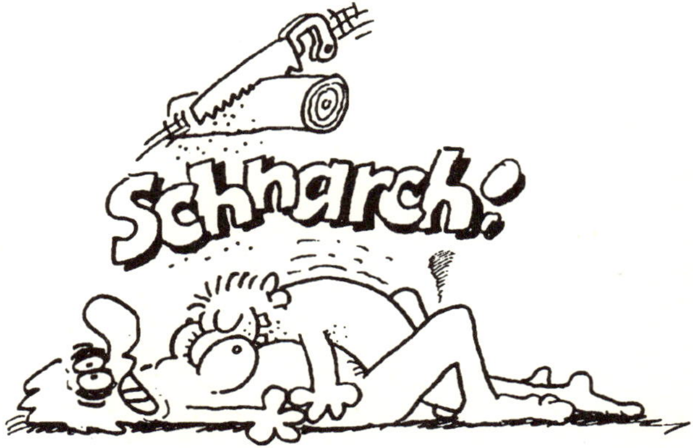

Die Stier-Frau im Liebesrausch

muht herum und schwingt ihren Astralleib im Rhythmus der Erotik, daß es eine wahre Freude ist - für Landwirtschafts-Experten und Liebhaber fülliger Landschaftbilder. Nachher gönnt sie sich eine Portion Gras und legt sich nieder - zum erotischen Wiederkäuen.

Der Stier-Mann im Liebesrausch

tendiert zur Stampede. Er sieht rot und walzt alles und jeden nieder, der sich ihm in den Weg stellt. Deshalb sind so viele Stiere Väter: Vom Rausch übermannt, vergessen sie alles - vor allem die Verhütung! Hier liegt der geheime Grund dafür, daß jede Weide zwischen Nordkap und Gibraltar mit zahllosen Kühen bevölkert ist.

Quickie oder Partner fürs Leben?

Stiere denken gar nicht daran, eine Ehe einzugehen. Sie denken auch gar nicht daran, keine Ehe einzugehen. Stiere werden geheiratet, und das ist gut so. Basta. Für Eine-Nacht-Kisten und Ferienliebschaften ist der Herdentrieb einfach zu stark. Werden sie dennoch von miesen Gelegenheitsbumsern oder Sex-Vampiren für eine heiße Nummer ausgenutzt, sitzen verlassene Stiere nachts einsam auf menschenleeren Hügeln und muhen den Mond an...

Wie man sich bettet...

Der Rausch der Liebe hat auch eine banale Seite. Anders gesagt: So wie man sich bettet, schläft man miteinander. Für die paar Sexomanen, die immer noch nicht raffen, daß „miteinander schlafen" auch etwas anderes als Sex bedeuten kann: Hier geht es ums Bubu machen!

Es ist nicht einfach, neben einem Stier-Menschen zu schlafen und erfordert gewisse Sicherheitsmaßnahmen:

1. Stier treten mit den Hufen. Schienbeinschützer anlegen!
2. Stiere schnarchen, husten und prusten im Schlaf. Außerdem knirschen sie mit den Zähnen. Ohropax nicht vergessen!
3. Wenn es warm ist, schwitzen Stier-Menschen wie die Ochsen. Außerdem ziehen sie Fliegen wie magisch an. Moskitonetz nicht vergessen! Nur wenige Stier-Männer verstehen es noch, lästiges Ungeziefer mit dem Schwanz abzuwehren.

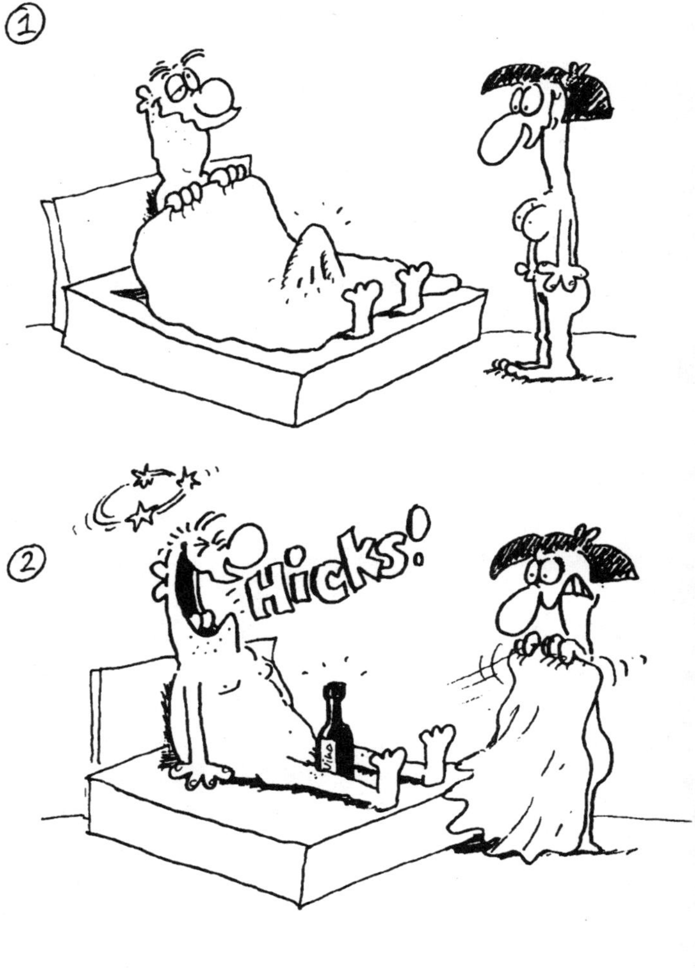
1
2
Hicks!

Vorsicht - Krise! Stier löst Konflikte
Die Konfliktlösungs-Strategien:

1. aussitzen
2. voll draufhalten

Ein Wunder, daß Helmut Kohl ein Widder ist, denn eigentlich ist Aussitzen die Stier-Strategie Nr. 1 zur Konfliktlösung. Stiere mischen sich nicht ein, sondern lassen den Dingen ihren Lauf - es wird sich schon regeln! Erst wenn man sie mit immer neuen Nadelstichen und Tierquälereien in Wut bringt, sehen sie das sprichwörtliche rote Tuch und greifen zu Strategie Nr. 2 - Hörner senken und drauflos! Wenn es sein muß, mit dem Kopf durch die Wand! Mehr Möglichkeiten besitzen sie nicht. Was soll's - im Regelfall genügt es!

Treue? Gelegenheit weckt Triebe...
Was die aktive Seite angeht, sind Stiere die personifizierte Treue. Um selbst einen Seitensprung anzuleiern, sind sie entweder zu doof, zu faul oder sie kommen nicht in die Hufe. Auch fehlt es ihnen an Fantasie, und ohne Fantasie taugt der schönste Seitensprung nichts. Denn mal ehrlich: Anatomisch

verläuft bei einem Seitensprung meist alles ganz genauso wie zu Hause - für einen Stier zumindest.

Als Opfer von Verführungen geraten Stiere manchmal in Verwicklungen der Untreue, wenn es dem Verführer gelingt, die tief in ihrem Innern schlummernden Urtriebe zum Kochen zu bringen. Dann sehen sie rot, kennen weder Ehefrau noch Hemmungen, fliegen voll ab. Nachher schämen sie sich, denn im Prinzip sind Stiere absolut treu. Q.E.D.

Stier-Menschen im Alltag

Stiere lieben den Alltagstrott und lassen sich am liebsten an einem Ring durch die Nase durch die Woche zerren. Deshalb sind sie so zahlreich in den Acht-Stunden-Berufen zu finden. Stiere lieben den Büroalltag, den Geschäftsalltag und den Fließband-Trott. Wie Roboter marschieren sie am Morgen zur Bushaltestelle oder zu ihrem Wagen, erscheinen pünktlich wie die Kühe zum Melken am Arbeitsplatz, mümmeln ihr Frühstücksbrot und käuen es mit den Anweisungen des Abteilungsleiters wieder. In der Mittagspause schütten sie an der Tränke Unmengen Flüssigkeit hinunter und trotten dann wieder auf die Weide.. äh, an die Arbeit.

Schlag Fünf lassen sie den Griffel oder den Schraubenschlüssel fallen, stoßen ein mächtiges „Feierabend!"-Gebrüll aus und zockeln zur Bushaltestelle oder zu ihrem Wagen. Nur Personalchefs, die selbst im Sternzeichen Stier geboren sind, halten diesen Zombie-Trott für Zuverlässigkeit, Pünktlichkeit und Arbeitseifer.

Zu Hause angekommen, feuern Stiere die Aktentasche in die Ecke, werfen einen Blick auf die Kälber..., ich meine natürlich, Kinder und erstarren vor dem Fernseher zur Salzsäule, die sich nur hin und wieder rührt, um sich Bier (männlich), Wein (weiblich) und Kartoffelchips (für beide Geschlechter) in den Rachen zu schieben. Hin und wieder kommentieren Stiere eine politische Sendung mit einem deutlichen Muh!, das jede Partei für sich positiv deuten kann. Um etwa 23.00 Uhr zieht es Stiere in den Stall.

Am Wochenende tauschen sie den einen gegen den anderen Trott: Morgens profilieren sie sich als Langschläfer, trotten etwas später hinter dem Rasenmäher über ihr Grundstück und schneiden sich in zwei von drei Fällen das Kabel ab. Danach schieben sie sich hinter Einkaufswagen durch Supermärkte und werden gegen 16.00 Uhr beim Wagenwaschen beobachtet. Gegen 20.00 Uhr werden sie zu Kannibalen, die ihresgleichen auf dem Gartengrill rösten (mit Vorliebe Rindersteaks) und die Trauer über diese Verfehlung mit reichlich Bier hinunterspülen müssen. Um etwa 23.00 Uhr zieht es die Stiere wiederum in den Stall. Meist jedoch fallen sie erst in Schlaf, nachdem sie noch eine Kleinigkeit für die Rinderzucht erledigt haben...

Der Stier und das liebe Geld

Ohne Moos nichts los! Aber das stellt für Menschen dieses Sternzeichens absolut kein Problem dar. In finanziellen Dingen arbeiten Stiere überaus effektiv: Sie sind auf ihre ganz eigene, trottelhafte Art raffgierig, haben ein animalisches Gespür für Gelddinge und verstehen es vor allem, ihre Kohle ungeheuer langfristig anzulegen. Ihre unendliche Geduld ist es, die letztlich fette Zinsen und endlos viele Ziffern vor dem Komma auf dem Konto bringt. Häufig verfallen Stiere bei der Lektüre ihrer Kontoauszüge in euphorischen Taumel, und alle Augenblicke platzt bei einer Bank ein Stier-Konto aus allen Nähten - wegen Überfüllung.

Es ist im Falle des Sternzeichens Stier nicht der Geiz oder ein übertriebener Spartrieb, der Vertreter dieses Tierkreises reich werden läßt. Sie schaffen es durchaus, mit Vergnügen ein, zwei Tausender oder auch mehr aus dem Fenster zu werfen, lieben gutes Essen und jeden Luxus, den man für Kohle, Knete, Kies oder Schotter kaufen kann.

Dennoch räumen sie ihr Konto nie ganz ab, wie es etwa eine leichtsinnige Waage oder ein Wassermann im Wahn mühelos schaffen. Bei aller Ausschweifung - die fetten Zinsen, Zinseszinsen, Aktien, Kommunalobligationen und Pfandbriefe sorgen immer dafür, daß sich die verpraßten Scheinchen wieder einfinden. So könnten Stiere eigentlich zu beachtlichem Vermögen, zu Reichtum, Gold und Silber kommen.

Wäre da nicht ihr Hang zu kurzfristigen finanziellen Abenteuern und die Sache mit der stier-typischen Dickköpfigkeit. Immer wieder machen Stiere pleite, weil sie einfach zu träge sind, sich auf schnell wechselnde Marktgegebenheiten oder Trends einzustellen. Deshalb, liebe Angehörige anderer Sternzeichen, eignen sich Stiere auch nicht als Finanzberater. Vorsicht, wenn Stiere finanzielle Ratschläge geben - es kann Sie Kopf und Kragen kosten!

Besonderes finanzielles Risiko: Stier-Frauen durchblicken die Mechanismen bei Kreditkarten erst nach einem Einführungsseminar! Anfangs neigen sie zu prasserischen Großeinkäufen, weil sie glauben, die Kohle fiele für Kreditkarteninhaber irgendwie vom Himmel. Wenn sie endlich begriffen haben, daß der Kies vom eigenen Konto kommt, schonen sie die eigene Karte und verwenden die des Partners.

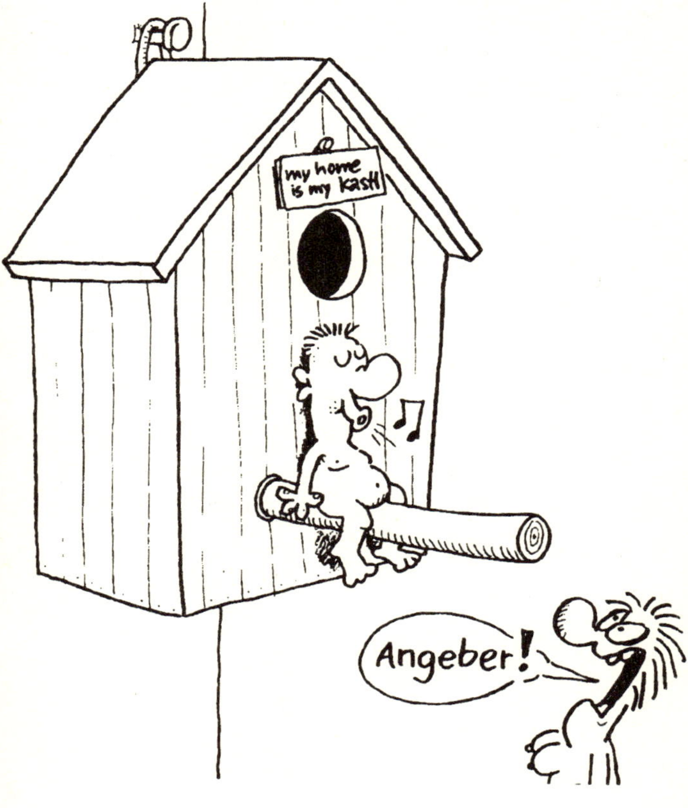
my home is my kastl
Angeber!

Der Stier und das eigene Heim

Wo lebt das liebe Vieh - im Stall! Nein, es ist keineswegs mehr der nach Mist und Gülle duftende Miefschuppen, den wir vom Bauernhof von Anno Tobak her kennen. Dem Stier haben es vollautomatische Ställe, äh, Wohnungen angetan. In der Küche blitzt es vor Chrom, und alles, wirklich alles muß automatisiert sein. Nicht nur der Dosenöffner und der Korkenzieher, sondern auch der Müllbeutelverschließer und der Topfdeckelabheber stammen aus der weitläufigen Verwandschaft der Industrieroboter.

Ebenso perfekt funktioniert alles auf der Toilette, denn in einem Entsorgungszentrum fällt zwar nicht der Mist durch Gitter im Boden, aber es gibt alles von der geruchsfreien Kloschüssel bis zum sensorgesteuerten Arschabwischer zu sehen.

Sonst sieht die Wohnung des Stiers eher bieder aus. Klobige Möbel, großgemusterte Teppiche meist in Grün und zahllose Bilder mit Wiesenlandschaften (Guten Appetit!) und Portraits prämierter Verwandschaftsmitglieder (Milchleistung, Zuchterfolge) prägen dieses traute Heim. Stiere mögen es so! Muuh!

Wenn Kinder kommen

Naiv, wie der Stier-Mann von Natur aus durch das Leben tappst, wird er blitzschnell zum Vater. Der Stier-Frau ergeht es nicht anders - zack, ist der

Nachwuchs da! Glücklicherweise schützt ihr Phlegma die Stier-Eltern vor ernsteren Schäden. Die lieben Sprößlinge tanzen ihnen auf den Nerven herum und kriegen schnell spitz, daß ihnen die Grufties nicht gewachsen sind. Dem Stier-Vater oder der Stier-Mutter macht es nichts aus, in der erduldenden Rolle zu sein, denn Stiere haben ein dickes Fell. Und man sehe und staune: der Nachwuchs gedeiht prächtig.

Prominente und bewährte Stiere

Für uns einfache Sterbliche ist es immer wieder ein besonderes Vergnügen, Nähe oder gar Übereinstimmung mit den Größen der Zeit oder der Geschichte zu spüren. Genießen Sie es also ausgiebig, dieses seltene Gefühl - all diese bedeutenden Menschen wurden in Ihrem Sternzeichen geboren - ausgerechnet!

Macht und Einfluß

Wladimir Iljitsch Lenin	22. April 1870
Jules-Henri Poincaré	29. April 1854
Kaiser Hirohito	29. April 1901
Mohammed Hosni Mubarak*	4. Mai 1928
Johannes Paul II.	18. Mai 1920
Ho Chi Minh	19. Mai 1890
Malcolm X	19. Mai 1925

Musikalische Größen

Sergej Prokofjew	23. April 1891
Giovanni Guareschi	1. Mai 1908
Bing Crosby	2. Mai 1904
Peter Tschaikowski	7. Mai 1840
Johannes Brahms	7. Mai 1883
Keith Jarrett	8. Mai 1945
Steve Winwood	12. Mai 1948
Peter Gabriel	13. Mai 1950
Stevie Wonder	13. Mai 1950
David Byrne	14. Mai 1952
Brian Eno	15. Mai 1948
Mike Oldfield	15. Mai 1990
Udo Lindenberg	17. Mai 1946
Justus Frantz	18. Mai 1944

* Der Name *Mubarak* wird häufig von Stieren irrtümlich für den ägyptischen Begriff für *Kuhstall* (Muh-Baracke) gehalten. Er hat aber nichts mit Viehzucht zu tun.

Künstler
Ernst Ludwig Kirchner   6. Mai 1880
Salvador Dali   11. Mai 1904
Joseph Beuys   12. Mai 1921

Sportler
André Agassi   29. April 1970
Anatoli Karpow   5. Mai 1951
Gabriela Sabatini   10. Mai 1970

Im Dienste der Wissenschaft
Max Planck   23. April 1858
Sigmund Freud   6. Mai 1856
Pierre Curie   15 Mai 1859

Gekrönte Häupter
Elisabeth II. von England   21. April 1926
Katharina II. die Große   2. Mai 1729

Meister der Feder
William Shakespeare   23. April 1564
Hieronymus
Freiherr von Münchhausen   11. Mai 1720
Max Frisch   15. Mai 1911
Lars Gustafsson   17. Mai 1936

Größen der Leinwand
Jack Nicholson	22. April 1937
Shirley MacLaine	24. April 1934
Barbra Streisand	24. April 1942
Hans Joachim Kuhlenkampff	27. April 1921
Orson Welles	6. Mai 1915
Roberto Rosselini	8. Mai 1906
Fred Astaire	10. Mai 1899
Henry Fonda	16. Mai 1905
Jean Gabin	17. Mai 1904
Thomas Gottschalk	18. Mai 1950
Fernandel	8. Mai 1903

Große Denker
Karl Marx	5. Mai 1818
Henri Dunant	8. Mai 1828

Modezaren
Jean-Paul Gaultier	24. April 1952
Christian Lacroix	16. Mai 1951

Reich, berühmt und bedeutend
Axel Caesar Springer	2. Mai 1912
Reinhard Mannesmann	13. Mai 1856

Zeitzeugen
Sophie Scholl   9. Mai 1921

Mit zweifelhaftem Ruf...
Saddam Hussein   28. April 1937

Übrigens...

...wenn Sie mit dem Inhalt dieses Buches nicht zufrieden sind, wenden Sie sich doch an den

Bundes-Astrologen-Verband e.V.
Sternenstr. 123
1234 Humbug 13

Die wissen es sicher besser!

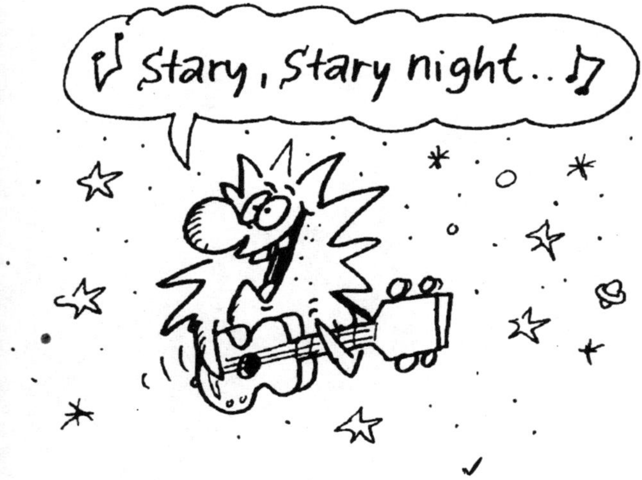
Stary, Stary night...

JAVAANSE JONGENS